歌集

月光の牧

小澤婦貴子

青磁社

月光の牧＊目次

I

II

小澤婦貴子歌集

月光の牧

I

無花果

白き乳したたらせつつ無花果は籠に盛られて届けられたり

ねつとりと甘み湛ふる無花果の吸ひつくやうな食感の妙《めう》

芝に埋めし半円の輪を潜りつつ幼は大きくなりてゆくらし

風船のふはふは漂ふ子の家は夢のかけらの多きところぞ

縮みゆく背なを伸ばさむ吹き抜けにをさなの風船高く突きたり

山上に夕陽溢れてその余光冷えのきざせる湖に及びぬ

沈む夕陽呑み込むやうな大あくび思はず出たり山のまばゆく

ゆふばえは川面におよび中州にて朱《あけ》と黒との川に訣《わ》かるる

浴室に蠅を追ひ込み打ちてゐるわれの姿を鏡は映す

牧場の羊の背《せな》に触るる時秋陽ぬくとき弾力返る

菊の香のこもらふ庭に草引けば衰へしるき黄菊が匂ふ

ヘッセ読み佐太郎読みて晩秋のぬばたまの夜あかねさす昼

むらさきの皇帝ダリア咲かぬまま信濃の霜に一晩に萎ゆ

手塩皿

おてしよとふ響きなつかしき手塩皿　雪をわづかに積もらせてみる

コンデンスミルク入れたる氷菓など母作りくれき積もりし雪に

鼻水を垂らし「なんて寒いずら」と言ひゐし頃の袢纏の照り

冬の金魚うごき少なく藻のかげに隠れてをりぬ　揺らせば動く

寝たきりの姑はベッドに歌ひをり〈赤いべべ着たかはいい金魚〉

鉄の女サッチャーですらわが姑と同じ認知症患ふといふ

斧振りて薪割りゐるその父をいまだ歩まぬ児が見る窓辺

薪小屋にあまた断面あることを充実として冬を過ごさむ

あかつきの電灯は虹の輪となりて暗き路面を照らしてをりぬ

チロリアンハット

誰からも相手にされぬ地球儀はチロリアンハット被せておかむ

白鳥に体内時計あるらしく北へ帰るは二月の下旬

身めぐりの寒気ゆるみし二月尽本の付箋も若草色に

橋げたに分かれゆきつつ若き川老いたる川の表情をせり

寒風のすさぶ一日ああを空に山をきーんと引く雲のあり

雫するかたちのままに氷りたり桜の枝に雨粒垂れて

いつの日か遊べぬ齢《よはひ》くるといふ遊べ遊べよまひまひつぶろ

父描きし絵皿ひとつが残りたり「ふる里」と銘ある紺の山川

空中の回廊めぐり見る林　朴の木登りし熊の爪痕

天蚕はくぬぎの枝にぶら下がり黄緑の繭に透けて見ゆるも

ベランダは洋上船なり春疾風《はやち》にシーツ帆のごとはためき止まず

〈月の沙漠〉唄ふ姑なり金のしづく銀のしづくを零しながらに

手押しポンプ

ポンプ押せば水溢れ出す井戸ありき仔犬とわれの分け合ひし水

塔越ゆる雲の流れの速きかな長き雨脚ぽつり落ちくる

竹藪に這ひ巡りたる根伝ひに雨は傾斜を駆けくだりゆく

送電線高度上げつつ山越えて湖の街へと電気送るらし

鷹の羽輪郭美《は》しと仰ぎたりゆふぐれ迫るみづうみの岸に

錐もみの風吹きよせる青田はも波のリズムが生まれてゐたり

梅雨明けにぱつと咲いたり底紅の木槿の花は風に揺れつつ

蓼科山雲をどすこいうつちやつて力士のごとくどつしりとあり

梅雨明けの空は晴朗　水辺よりカヌー漕ぎ出すインドの家族

輝度あげて空にありたる夏雲の去りたるあとの大き夕焼け

まっすぐに降り来し火矢はちりちりと地面近くの虫らを灼けり

真夏日の陽射しに負けてゐるなんて八月生まれの私ではない

涼やかな茗荷の花と見てゐしが薄暗がりの蚊に刺されたり

昼過ぎの白雨去りたる庭先にミントの香りさつと立ちそむ

昼夜なく花を零せる凌霄花の夜のそこひの朱色《あけいろ》の花

レノン忌

昨夜《きぞ》降りし雨にしとどの蜘蛛の糸われの体を絡めむとする

ピアノには部屋のくまぐま映りをり漆黒の界そこにあるごと

『信仰篇』読むをんならの輪の中に花弁重ねるみどりのダリア

菊花茶とプアール茶とを注ぎつつ父上の亡きその後を聞けり

秋風はふとやつてきてホーミーの響《とよ》む音色を零してゆきぬ

果樹園のありし処ゆ地鎮祭の笛の音聞こえ秋深みゆく

ふと唇《くち》に挟みしものが笛の音をぴいと鳴らしぬあけびの葉なり

光源となりてゐるのは黄菊なり秋ざれの庭のくまぐま照らし

開戦日、レノン忌に雪の降りだして冬の覚悟を促すごとし

降誕祭にローストビーフの焼き上がりスパイスの香の広がる厨

胴震ひしながら水は落ちゆけり水路のみづの堰かかるるたびに

ムスカリの花

新年《にひどし》の浄き光はたんぽぽの綿毛に置ける霜の花より

姑《はは》のもと尋ねるわれの影のばし春のひかりが追ひかけてくる

一年中温度変はらぬ姑の部屋エアコンの風にテープが揺れる

「桜散るあなたも河馬になりなさい」そんな気持で生きてゆけたら

降園のをさなを迎へにゆきし頃東北の地震起こりてゐたり

認知症の姑の傍へに見てをりぬ津波が田畑舐めゆくさまを

米軍の占領まぢかと思ふほど米兵多かりき被災地東北に

海恨みされど頼みて生きる人漁師にとりて海は命綱

失意とふ花言葉もつムスカリが震災の春もあまた咲く庭

緑の髪の毛

外階段昇ればば春の雲近し市民農園に耕す人ら

血の色の椿の花がゴミ袋透かして赤き光を放つ

六百巻を瞬時にたぐる大般若回向始まりなびく僧の手

水撒きつつ「緑の髪の毛何なの」と問ひくるをさな「菠薐草よ」

吹き降りの堀にあぎとふ鯉の口雨の水《み》の輪も呑み込みてをり

杉の木の捩れながらに立つがあり建ちし後よりよぢれる柱も

六月のひろき河原を占めて咲く虫取撫子ピンクに溢れ

川水の滾《たぎ》ちの白は六月の鬱をさらりと流してゆけり

虫の突起

一日を「なんだかかんだか」と繰り返す姑の言葉は呪文となりて

「本ばかり読んでゐるかい」姑問へり　咎められたるニュアンスに聞く

麦の穂に夕陽あたりて耀へり　うねり帯びたるものも昏れなむ

うろくづとなりて真昼の水に浮くこの放心はたまさかのもの

回遊の魚となりて泳ぐ昼　水はみどりに黄に色を変ふ

流水のプールに浮かび川下と思へるところで陸《おか》へ上がりぬ

黄の薔薇の花びら拾ふゆふまぐれ空もひと日の疲れ溜めゐむ

ユリノキの花はいづこと見上ぐれば思ひがけなく低きにありぬ

葉のぎさぎざ捉へる突起ある虫がうまく咥へてへり巡りをり

山椒の木より落ちたる幼虫がみどりの体を地面に這はす

白き椅子白き机の会議室ガラス張りなり空に浮きさう

柊の花

この家の夕闇いつか深まりて洞窟の中にわれ一人なり

雨樋に落ち葉詰まりてゐるならむどつくんどつくん雨下る音

鳥兜に足のとどまる山の道あを紫の花に見入りぬ

十五夜の月の光度はいや増せり霜夜のやうに明るむ地表

春の菜の花、夏のひまはり、秋さりて稔り田の黄に明るむ心

ばさばさと鴉の大群舞ひ降りて午後の刈田に稲穂ついばむ

半日を山の中腹去らぬまま横ひとすぢに靡く秋霧

板葺きの石置き屋根のなつかしさ白き濁り湯湧く風呂の上

山のなだりのひとところより溢れ出し湯船のへりはま白く凝る

海上に出づれば風に押さるるか巻雲くきやかに筋なすが見ゆ

この宇宙膨張中といふけれど硬く実りしあまた柿の実

濃きをいとひ淡きを悲しむわが性《さが》のあひ零れゆく柊の花

ほつこり姫

坊ちやんもほつこり姫も伯爵もかぼちやでありぬどれ旨からむ

カフェラテを飲みしばかりに泡ぶくの気分となりて忘れものせし

年賀状の投函終へし帰り道渦巻くほどの吹雪となりぬ

うつすらと林に雪の積もる界電車にゆけばわれもけぶらふ

県ざかひ過ぎれば景色変はりたり枯野に灯る朱き柿の実

白き山にまだ宵ながら月の出て降りたる雪は樹氷となりゐむ

赤ローソク

竹藪の上に群れなすあまた鳶われの決意を掻きまぜるごと

暮れの空ゆるらに舞へる鳶の群れ　一羽ぐらゐははぐれしもをらむ

凍て土を突き破りたる霜柱土手に並べば土筆のごとし

木枯らしに磨かれながら冬空は大きな透明カプセルとなりゆく

乾湿は際立ちてをり枯れ葉道と雪の消えざる日蔭のグラウンド

朝陽昇れば光にくしやみ連発し硬くなりたる体ほぐれゆく

赤ローソク灯して達磨供養せり炎昇れり龍のかたちに

北帰行の準備するのか寒緩むけふの空にはしらとり多し

パタパタとみなも蹴立てて飛びゆきて枯山横切る白鳥の群れ

それぞれの声に鳴きゐる水禽ら鴨や鷭らの群れは寄り添ふ

籾つきの信濃の古米食べてから飛びゆく先はシベリアあたりか

ドライフラワー

唐辛子を炎のさまに飾りたり手荒れ増しゆく冬の厨に

ずどんと屋根雪落ちる二月尽気温ゆるめば心もほどけ

福寿草ぺかぺか光りドライフラワー咲いてゐるやうな庭の片隅

Y字型に梨の木並ぶ畑には大いぬふぐりいちめんに萌え

にはとりの脚のやうなる枝かかげ芽吹き待ちをり畑の梨の木

雪解けをうながす雨の降りしのちお椀伏したる山にかかる靄

三歳のしどろもどろは抱き上げて梅の香かがせばチョコの味すと

ばあちゃんのエプロンは化粧回しとなり二人の幼どすこいどすこい

いやいやと酸素マスクを拒みては姑は見舞ひの家族見据ゑる

口癖の「何だかかんだか」出なくなり姑の喉《のみど》は息を吸ふのみ

片蔭に福寿草咲く季《とき》ながく姑の命の身代はりと咲く

ひきがへる

雪解けのすすむ山水勢ひてどんどどんどと流れくるなり

山風と川風ぶつかる笹の道風に捲かれてひたすら歩く

水溜りに大き黄色の蟇のゐて人の視線も構はずつがふ

繁殖のさなかにあらむ褐色や赤の蟇わしゃわしゃ現る

コカリナ

コカリナやハープ奏づる鳥の声木々のそよぎや風の音など
調律の音につられて来し鳥か名知らぬ鳥がしきり囀る

みづうみに漂ふ靄のごとき声ハープつまびく女より出づ

萌え出でし葡萄は蔓を空に向け鏃《やじり》放てるかたちに伸びゆく

イギリスに求めし種よりジキタリス、立葵咲く初夏の庭先

夫婦して語る幸せなきことに作家の対話集読み気づけり

伏流水

カリヨンの音色みなもを滑りゆく運河の街に棲みてみたしよ

伏流の湧き水溜まるひとところ蒼き透明のみづの深々《しんしん》

苔森に倒木多し倒れてもそこより生ゆる森のさみどり

大き岩跨いでゆけばいにしへのをみなのやうな野生戻り来《く》

花畑、亡き子も見ゆる臨死体験したる舅の食欲すこやか

西瓜、梨みづみづしきを喜びて持ち直したる父は食《た》べぬ

凌霄花拾ふ指先に転《まろ》びいで黒き光に走るこほろぎ

体熱を逃しをるらむ庭石の窪みに座り瞑想の猫

眼窩

焼かれたる顔の輪郭しるければ義父のいまはの面影ぞたつ

眼窩より覗いてをらむ義父は今おのれの骨を拾ふうからを

をとつひまで撫でてをりしよこの御骨むくみに痛む凸凹の脚を

三歳児は火葬場へとむかふ時山か森か問へり　谷と答へぬ

石室は凍りてゐたりバーナーで溶かして義父の納骨終へぬ

秋の陽に黄菊まばゆく輝くをかがやきのまま取りて供へぬ

寡黙なる家族であればをさな集め薪ストーブの火に寄りてゆく

オルゴール

鬼の子と言はるる蓑虫苔まとひ毛糸紙さへ身にまとふらし

かもめ眉いくつ飛ぶらむ街中に探しにゆかむわれも眉さらし

グラデーションの青きセーター着た男近くにみればば毛玉まみれぞ

ふとぶとしき虹に遭ひたり所変へても形変へつつ追ひかけてくる

「雪嶺は横書きの手紙」と詠みし人おもひ見てをり八ヶ岳の尾根

柚子の皮刻みてつくるゆず大根むかう側まで見ゆる薄さに

しぶき氷に被はれてゐる水の段差はフランス式と呼ばれてをりぬ

突起あるオルゴール指に押へつつをさなは耳と目に聴くらし

歳晩の林檎便りに〈はるか〉また〈ピンクレディ〉の新種の名前

凍てつきし林檎の灯る雪野なり赤きランプもやがて落ちなむ

煙突を「煙《けむ》出《だ》し」と書けば板屋根のひまより煙のぼりゆく見ゆ

塗り壁も焼き板壁もありて冬薄き日差しが壁に射しこむ

冬の虹

突き刺さるながき氷柱の四、五本が隣との境に垂れ下がりをり

寒ゆるめば垂れてをりたる氷柱はもうなぎのやうにのびて塀の上

大雪にぼつてりとなりし欅道白き胎内ひらくごとゆく

いちめんの雪の積もりしグランドの白き矩形に人影あらずも

しんきらり雪の中より輝きて駐車中のくるま光返しぬ

大雪の降りたるあとの竹藪はみごとなまでの前屈姿勢

皺む、凋む、零落などの言葉より逃れむとする冬の日々なり

信号機の下よりのぞく冬の虹山裾までを目は追ひにつつ

低きところを渡りし虹とわかりたり断片のみを数ヶ所に見て

鯛のポアレ

鯛のポアレみどりのサラダとよく合ひて検診あとの喉《のみど》に沁みる

一メートルの管は胃腸に通されて涙にむせぶわが姿あり

涙液かたほほ伝ふ冷たさを泣かなくなりし冬夜に味はふ

夢の中でも亡夫多忙なり向きあへる時間がもつとあればよかつた

強き雨はフロントガラスを叩きたり土手の風草激しく戦ぐ

ちょんちょんと跳ねつつ車のあひ渡る鶺鴒危ふく渡り終へたり

PM2・5

投げられし網のありしかいつせいに向き変へて帰る鳥の群れあり

すくみつつ思案ばかりの春空を頸伸ばし帰る白鳥羨《とも》し

黄砂、花粉、ＰＭ２・５飛来する空息苦しけれ春の靄深く

ぼんやりと皮膜の被ふ春の空突き破りたしこの重たさを

この春は桜の花も生気なし思はぬ速さの春の過ぎゆき

決断力落ちてゐるらし　落ち椿バケツ一杯拾ひ置くなり

柳の糸ほそくなびきて薄みどりの四つの楕円ふくらみてゆく

海紅豆

古旋律かなでる五人の奏者たちの若き息合ふ初めと終はり

百年の時代差のあるチェンバロに触るれば違ふ音と感触

コンサートの休憩時間に見上げたる橡は穂状の花かかげをり

メーデーをことほぐやうに花水木さざめいてゐる五月の街路

脚長のをのこあまたが立つごとき欅並木も青葉闇となる

ぱたぱたと羽音立てつつ降り来ると思ひしものは鯉のぼりなり

川床の乾く六月撫子の小さき種が爆ぜてゆくなり

水辺なるわすれな草の繁みより縞蛇あらはれ身を伸ばしけり

伏流水集まる川に流れるは明度の違ふ三種の藻草

海紅豆まなさきに揺れる寺に来て梅雨にけぶれる湖を見てをり

追羽根のかたちをしたる海紅豆落ちゐる先にあをき蜥蜴が

海紅豆ばらしてゆけば隈取りのあかき眉毛と睫毛になりぬ

梅仕事

子らすべて引きあげしのちの洞深き午後のひとときを布断ちてをり

花束や花籠置いてゆきしかど真に欲しきは会話の時間

砂糖漬けにしておしまひの梅仕事甕は譲れば壜に漬けたり

2×4《ツウバイフォー》の木材四角に梱包されトラックの荷台にしづしづ運ばる

耀へる海が見たしよ光るものにつねに惹かるる私のまなこ

堀端の茂みの中に夏の陽に白く泡立つひとつ木はあり

蛸集するひまはりよりもぽつねんとひとつ大きく咲く花がよし

引き寄せる力持つなり向日葵は田畑の畔に日時計のごと

谷川に沿ひつつゆけば蟬声は圧倒的多数とふ感じに迫る

たぎつ瀬、渕、吊り橋過ぎて渓谷のみなもと深く入りゆくなり

綿の実

ラッパ状の花にもぐりて蜜を吸ふ蜂に幾日の命残るや

湿りある朝のむらさき群山は重なりにつつあはく連なる

夕影は尾根をも谷をもあらはにす九重までの襞深き山

綿の実を外す手作り器具おもろきしきし言はせ取つ手を回す

空いてゐるドアのあるらし鍬形やかまきり、蛞蝓あらはるる家

逆光に点となりつつ飛行機の機体上がるを目に追ふ真昼

老いし眼にセロファンと見え掬ひたるは隙間もれくる光でありき

粘り腰

丈高き秋田杉の森越えゆけば県境に降る雨の昏さよ

ブナ林に樹雨浴びつつ渓谷を下ればば聞こゆる滾つ瀬の音

ブナ林に羊歯の生えたる渓谷はもるる光にみどりの濡れて

波荒き山の湖畔に吹かれゐる白楊もなかなかまども粘り腰なり

まつすぐに垂れ下りゐる柳の枝　地面にまでの距離のまちまち

濁り水の中に浮かびて動かぬも盛んに動くもありて亀池

つるみたる蜻蛉飛びゆく秋の昼日ざしに羽根を輝かせつつ

ターナーの絵

雲の穴に鳥らはばたく青空よ　いづくゆ来たりいづくに消えしか

川の上にひとつ駅ありふるさとゆ流れて下る川の上なり

アルプスの麓の村を貫きて低くたなびくひとつ秋霧

霧こむる川や湖描きたるターナーの絵の思はぬ明るさ

ターナーの絵のおもむきのソースなり鱈のまはりの海老のソースは

秋の日のサラダに舞茸、柿のほかくるみも少し散らしてみよう

山腹を夜に駆くれば冬の街盆地の底にきらめきてをり

逆光の街は墓標のごと浮かび色を喪くせし冬ざれの街

雑木林

雑木林はゆふひ濾過する装置なり濾されし光が頬まで届く

一月の寒さの中を十余両の夕陽列車が奔り去りたり

大雪を振り分けてゆく右ひだりどこにどかさうか思案をしつつ

行き場なき雪はホームの中央にでんと積まれて高き嵩なす

大雪後集められたる雪の山ぼた山のごと黒くそびゆる

川面には氷に雪のかぶさりて流氷のやうな裂け目もありぬ

豚ちゃんブラシ

雪白く梅はくすんで見えてをり山あひの象牙色の梅林

しゆわしゆわと鴉ゆくなり地上より一メートルの重き羽搏き

ふうーふうーと太き息して眠りゐし義父ほどには知らぬわが父

独り住まひは嫌ひではなししとしとと雨降る中の春の小宇宙

桜守ゐるらむこの森幽かにも夕べふぶける万朶の桜

しだれ桜揺らしてをさな言ひにけり「桜の花火してゐるんだよ」

人界と幽界交はる古墳には桜と人の魂の遊べり

豚《とん》ちゃんは豚ちゃんブラシに撫でられて春の昼寝に余念なかりき

鶏ねむる午後の鶏舎に羽毛はもぼあーんぼあーんと舞ひてをりたり

花ひらけば私も解けほどけゆく春に大きな伸びをするかも

天窓

天窓をぬぐへば心も晴れやかに　寒い五月も赦してやらう

誕生日は子らに手紙を書きませうメールばかりは消されてしまふ

0番線ホームなぜあるどこへ行く時折思ふ幻のごと

美しき歌集の上に零したり敵意にあらぬ紅茶一杯を

繭型の山椒魚の卵あまた沼に膨らみ妖気漂ふ

夏の赤子

六十余年前のわれなり泣きなきて泣きやまざる夏の赤子は

夏の子われ夏に体調よくなりて夕涼みがてら散歩してをり

子の家族増えるとの報せおやまあどんな子どもがやってくるやら

たたなはる紙の山よりあらはれて蟻がもの書く指に止まれり

ぼんやりの祭り提灯とお月さんの明るさ釣り合ふ夏のやしろの森

忘れめやアルバム繰ればいきいきと人に囲まれ立ち上がる君

アルバムを繰れば晩年近づきてアムステルダムに憩ふ一葉

こんなにも山の写真のうづたかし仕事に山に生きた人なり

八方池に姿映して登山する男がゐたり　足速き人

何時の日かわが晩年のアルバムを子らの繰る日がやって来るらむ

マリア地蔵

森の中走り抜ければいつしかに羚羊となり走れる車

フィトンチッドの森を電車の走るとき老いも若きも笑顔となりぬ

森林を走る電車に乗り込みて散歩の人らと手を振りあへり

呑曇《どんどん》橋の下を流れる清流は木曾川となり太平洋へ

木曾五木《ごぼく》しげる山にて出遭ひたる羚羊の驚きのまなこ忘れず

繁山のみどり指さし人の言ふ全山紅葉の季《とき》のみごとさ

晩夏《おそなつ》の木曾の谷間の蕎麦畑白く広がる曇りの中に

首のなきマリア地蔵の腕《かひな》には十字の茎の蓮もつ赤児

竹藪に打ち捨てられしを掘り出してマリア地蔵を祀りしといふ

月光の牧

金婚は死後めぐり來む朴《ほほ》の花絶唱のごと蘂そそりたち
『緑色研究』塚本邦雄

金婚は死後めぐり来て円錐のヒマラヤシーダの下に想はむ

馬を洗はば馬のたましひ冱ゆるまで人戀はば人あやむるこころ
『感幻樂』塚本邦雄

さえざえと馬はたましひ冱ゆるまで月光の牧に佇みてゐよ

つね戀するはそらなる月とあげひばり　柊　ひとでなし　一節切《ひとよぎり》

『感幻樂』塚本邦雄

つね戀するはそらなる君と月夜星　月見草　つるばみ　蔓草のもつれ

瞋《いか》りこそこの世に遺す花としてたてがみに夜の霜ふれるかな

『感幻樂』塚本邦雄

瞋りこそあなたに告げる愛語なり濡れ髪に夜の霜ふれるかな

桔梗苦しこのにがみもて満たしめむ男の世界全《また》く昏れたり

『星餐圖』塚本邦雄

桔梗あをしこの羞《やさ》しさは野におかむ女の世界全く昏れたり

水を切る敦盛蜻蛉《あつもりとんぼ》水くぐる維盛蜻蛉《これもりとんぼ》　男はかな

『天變の書』塚本邦雄

山を指す手長丈夫《ますらを》山またぐ足長丈夫　男ははかな

いふほどもなき夕映にあしひきの山川呉服店かがやきつ

『詩歌變』塚本邦雄

あしひきの山男なりし君に届くカモシカスポーツ店の案内《あない》

II

千鳥絎

「母は屋根」十代の子はかく言へり柱の父を日々覆へると

ゆりかごにレストランに屋根になるそんな母親になり得てゐしや

単身の赴任をしたる父待ちて母とふたりの暮しありにき

裁ち板に反物広げへら持ちて和裁に励みき戦後の母は

細やかに針仕事なす母なりき羽織にきれいな千鳥絎《ぐけ》残る

裁縫を教へてゐたる母に似ず何をやつても不器用なわれ

回覧板回しにゆけばお茶呼ばれ父の機嫌の悪しと日記に

体調のよくなきことを記しをり亡くなる二年前の日記は

唐人お吉

足裏にまとはりつかぬ秋の砂さらさら零るる夕暮れの浜

いちれつの数十羽なる海鵜らはゆらゆら揺れて塒へ帰る

カカと鳴きカカカと止みたる海がらす私はそんなにうまく歌へない

潮騒の押し寄せてくる朝の床攫はれぬやうしかと耳澄ます

飛沫あび船に揺れをり秋の海の広き耀き身にまとひつつ

背高のダアリア揺れる伊豆の国唐人お吉の身を投げし渕

むらさきの皇帝ダリアうつむけば悲しみ深きお吉の姿

梛の葉

はるばると熊野に入れば羊歯の垂れ静けき海の見えてきたるも

補陀落《ふだらく》をめざし小舟に漕ぎゆきし熊野灘けふは雨にこもらふ

伏拝《ふしをがみ》、祓所《はらへど》を経て本宮へ杉の木立の下を歩めり

熊野古道つゑを頼りに歩く夕常盤《ときは》の森の昏き胎内

疲れたるわれら迎へて八咫烏《やたがらす》の旗は小暗き参道に立つ

烏文字の神符に躍るからすたち三本脚の神のみ使ひ

甦り求めゆくらむみ熊野へ　杉の木立に雨霧のたつ

青岸渡寺　どこかへ誰かを搬びゆく舟のやうにも憧れて来し

御神体の瀧の上へと渡される注連縄の見ゆ　けぶる瀧の上《へ》

剛直にますぐに下る瀧水の迷ひのなさをしぶきに受ける

いそのかみ降る雨の中熊野古道を踏みしめ下れば梅咲く里へ

熊野川ゆるらに流れ舟路にて下りし昔の人ら偲ばゆ

熊野なる宮の梛《なぎ》の木葉を広げしたたる雨に木陰をつくる

象と鯨

陸と海の大き生きもの向き合へりケープ岬の断崖《きりぎし》挟み

生きづらくなつたことなど語りゐむ乱獲、捕鯨に追ひたてられて

低周波で語りあふとふ象、鯨　種《しゆ》の終はる日を危ぶみにつつ

群れずとも空気の震へで伝へあひかたみに居場所知るとふ象たち

死んだ仲間の体に滑らせ傷に触れ死を悼むなり象の長き鼻

アフリカ象の太きその鼻ホルマリンに漬けられあるが肉感持てり

その鼻に抱き寄せる仲間なきことを淋しみにつつ象は生きるや

求愛の雌に呼びかくる雄鯨《をくぢら》の低き唸り声海に聞きたし

保護策は裏目となりて水飲み場出てゆかぬ象増えてゐるらし

暗証番号

君の死を深く心に刻むため暗証番号は忌日となせり

帰省子はすーかすーかとよく眠る息子の眠りにわれも熟寝《うまい》す

伊邪那美《いざなみ》命と伊邪那岐《いざなぎ》命よりの戒めは〈後ろを向いたらもうおしまひだ〉

振り向きて塩の柱となりし妻ロトと娘ら山へと逃げゆく

ふしぶしの痛むこの春成長痛なかりしわれの後期成長痛

関節はぴきんぽきんと音のしてわれの苦しみ伝へゐたるか

身熱の冷めし体を湯に入れてレトルト食品のやうに温めよう

鰈食べお魚図鑑開けとふこのをみなごは博士になるのか

信号機

青き山の裾濃《すそご》となりて咲いてゐし桃につぶら実膨らむ頃か

急湍を流れし頃の恥ぢらひを忘れて川も老い始めたり

観覧車のぼり詰めればそののちは下るほかなし海山眺め

強風にがたがた揺れる信号機〈止まれ〉してゐていいのかどうか

ポップコーンの白き花びら抓みゆく幼らの指止まることなく

病人もわれも血圧低き朝見舞ふ前にはへとへととなる

鬱屈を抱へて来たる病院の奥庭に咲く石楠花の紅

誰からも音信絶ちて緑陰に虫となりたし背《せな》を丸めて

藤房のやうに齢を垂れてをり木下に坐る五人の老女

引き込み線

引き込み線に入りたるのち連結を解かれし貨車の作業始まる

黄の花をもつズッキーニの幼果はも上や横へとその実張り出す

苺へと伸びる触手は蛞蝓と吾のものなり　先を越されつ

ふたつみつ咲いては終はる立葵このはかなさはあるじに似たり

アフリカの砂漠のやうに起伏ある麦畑など夢想してをり

サハラ砂漠は硫化鉄含まれオレンジに染まるとふ一度見たしよ

駆け巡る旋律弾けぬわれの指雨垂れのやうな音符連ねて

ポインセチアの花

放たれて野に街に駆くる犬のごとさまよひをりき夫亡きあと

性愛にかかはる夢はおぼおぼと後ろ姿のままに消えたり

夜を照らすサーチライトに亡き人のその後の行くへ尋ねてをりぬ

瓔珞を垂らし咲きゐる秋海棠ぽつりぽつりと小花を零す

脱力を許してしまへば簡単だ　赤松の幹に手を当ててをり

光暈のあえかな月は育ちゐむわれの見ざりし三晩がほどを

月読は電線のあひに揺れにつつあをき果実の表情をせり

石畳重なるやうな鱗雲ありにし空に突風起こる

後ろより駈けてきたりし黒雲の唸りと雨に竦むくびすぢ

ローストビーフの赤が食欲そそるなりポインセチアの花も購《か》はむよ

幻日

寒の凍み花瓶に罅割れつくりたり夫購ひ来しデルフト陶器に

目の出たる鯉が水面に浮かびきて何を嫌だといふのかと問ふ

報はれぬことばかりなるわが生と答へれば池の鯉が笑ふよ

信号機いまだ残れる冬ざれの廃線跡を辿りゆきたり

山の気を吸ひこみながらゆく線路　欅の森のフィトンチッド

突き上ぐる力こそ欲し　凍て土に痩せてゆくなり花の球根

寒牡丹の深きくれなゐ開きたり　力要るなり寒中に咲くは

庭先に植ゑてゐたのは「失意」とふ花言葉もつ花でありたり

太陽が二つあるがに見ゆる日の彩雲となり輝ける雲

幻日は三つの太陽見せながら凍る大気のなか昇りくる

日本海

北鮮の泣き男泣き女ゐる光景はフィクションならめ小雪しき降る

凍て土に餓死する人のゐる国土家族ら棲みき大戦さなか

引揚げの記憶は母を泣かしめぬわれも読みたり『流れる星は生きてゐる』

十二月は死者送りし月　父と姉送りたる日の空のあをあを

「オペラ座の怪人」のマスクあるごとし色の抜けたる林檎落ちゐて

からり晴れ信濃の青空続くなり冬の吼えたる海が見たしよ

厚き雪かぐろき池の端に積み信濃のわれの飢えてゐた雪

杉森ゆますぐに落ちくる雪の玉幼きまなこに見しぼたん雪

春雷のにはか轟きフラッシュをたかれたおもひに列車を降りぬ

この海の向かうに拉致をされし人待つ国のありいかに在すや

原発と拉致を抱へて浜の人いかなる思ひにこの地に住むや

車窓には四つの潮の目見えてをり緑青の海　鈍色の海

海ぞこの泥を搔きまぜ目の前の海荒れてをり土気色して

護岸には肥りしカモメ憩ふなり　飢餓線上の人もゐるのに

砂地へと沿岸道路まはり込めば「飛び砂注意」の看板あらはる

砂囲ひあれど道路に飛び込める砂粒あまた　冬の風草

潮風に松は斜めに傾きて砂にずぶずぶうづもれてゆく

日本海越えてゆきたる人たちの面影のたつゆふべの河口

かがやきの湯

霧の濃く遅れますとのアナウンス各駅停車の電車は揺れて

紅葉の林を包む秋霧の白の世界を電車は走る

県境は寒きところぞひえびえと冷気押し寄せスカーフを捲く

紅き蔦に巻き絞められて杉の木は愉悦の声をあげてをらずや

老いさびしふたりの兄に会ふために時間をかけて甲州へ行く

吾のことハグしてくれし次兄なり独りのわれを憐みたるや

独りの日下車しゆきたる美術館ルオーの作品多くありたり

まなかひにもとなかかりぬルオーの版画〈ミセレーレ〉のキリスト像が

会ふまでを晶子の色紙、短冊を見て回りたり文学館に

朗詠の晶子の声はほそぼそと泥鰌這ふやうな妙な抑揚

短冊に晶子の書きしその文字《もんじ》闊達と思ひしにひそけくありぬ

ヘルニアの手術をしたる兄のため神の湯といふ温泉に集ひぬ

厚き雲垂れる秋空仰ぎつつかがやきの湯とふ露天湯に浸かる

収穫感謝祭

傷深き白馬の山なみ雪かづき峨々とありたり小谷への道

スキー場あまたある土地こんなにも引つ掻き傷はあつてよいのか

知的障害ある人多く住むところ　牛舎の匂ひ流れて来たり

せせらぎは音立てながら流れ落つ　白馬山系ゆほとばしる水

代表者は目の見えぬ父に耳打ちす「立つて、座つて、大きな声で」

目の見えぬ人の祈りは強くして「足りぬ祈りをお赦し下さい」

支援者の精神科医や編集者白馬岳の麓に集ふ一日

関東や関西からも駆けつけし親らの願ひ耳澄まし聴く

農業や畜産、陶芸、織物など作業の様子を訥々と語る

雪深き土地に仲間と暮らすことどう乗り越えてこの日のありや

支援者の多く集ひし感謝祭煮しめの野菜の深き味はひ

赤飯もパンもあるなり昨日より準備したとふ料理が並ぶ

首都圏よりボランティアに通ふとぞ若き女性もエールを送る

見知らぬ者混じりて食べる食卓の豊かさを前に恥ぢてゐるなり

生活をともにするのは三十人集団生活苦手な人も

私財投げ出し足りぬは寄付でやり繰りのつましき暮し寒村にあり

「馬」

寒立馬、岬馬などある中で短き脚の木曾馬ぞよき

お使ひにゆけば馬屋のあるじなる長き鼻づら迎へくれたり

馬喰《ばくらう》と呼ばるる人ら怖かりき　馬の売り買ひしてゐたるのみ

木馬とふ橇もて運ぶ木材は軋みて山を下りて来たりぬ

騎馬戦に女子も果敢に取り組みつ女同士で組んづ解れつ

代掻きの馬の雪形あらはるる白馬岳《しろうまだけ》なり駅名白馬《はくば》

義仲が馬洗ひしといふ洗馬《せば》へ来て入浴施設に手足を伸ばす

田畑起こす農耕馬ゐたその昔継承の人平成に現る

高原の土埃立つ草競馬に夏こそ行かむ渋滞抜けて

社には古き絵馬など掲げられ剝落ゆゑに尊くも見ゆ

硝子皿に閉ぢこめられし一頭の馬は奔れり永久《とは》の時間を

「宿」

宿場町の長きひさしのを暗きにをみならの嘆き畳まれてゐむ

葉鶏頭いろを微妙に変へながら宿場の町を明るませをり

宿木が幾つも透けて見ゆるなり社の森を抜けてゆく時

むらさきの宿根草のヒヤシンス植ゑれば春の希望となりぬ

宿六とふ言葉消えゆき旦那などと夫呼ぶ妻まだゐたりけり

宿替へは常のことなり三軒を月の都合によりて棲み分く

雨宿りせしは何時なる相合傘とふ甘きおもひもなくて終はらむ

たまかぎるほのか八歳宿題の音読五回目流し読みせり

スペイン幻想

発泡ワインに白身魚と豆の塩気洗ひ流せりバルセロナに来て

オリーブが銀に炎えたつ真昼なりラ・マンチャ丘陵人の少なし

風車ある土地は限られソーラーパネル、風力発電機占めるスペイン

街角にドン・キホーテの像あまた滑稽な姿にデフォルメされて

ロータリーのドン・キホーテらの銅像の従者はいつでも困惑の態《てい》

麦畑に間借りして咲くアマポーラ穂麦の中に小さくひ弱に

グラナダのフラメンコショーに落胆すすさまじき足《あ》音《おと》の洗礼を受く

官能も情熱もなき踊りなり地声の太き哀愁の歌よろし

アルハンブラの朝の宮殿すがすがし噴水、水路にほとばしるみづ

シエラ・ネバダの水が潤す庭園の冷気の中に香る菩提樹

グラナダのざくろの季《とき》に出遭ひたり花ざくろ実ざくろあふるる宮殿

円型の建物よろこび翔ぶ燕　宮殿を群れなし旋回せり

アンダルシアのひまはり低く地を染めて夕陽の丘まで続いてをりぬ

虎刈りの頭のやうなる丘続き縞々模様のオリーブ畑

憧れてゆきたるスペイン物静か〈情熱の国〉が空回りする

国力の衰微の時かスペインの往時偲びて巡る世界遺産

コルドバのメスキータはも迷宮なり回教寺院の中の教会

民族の、宗教の対立あればこそ文化の華を生み出してをり

赤レンガ、白大理石に支へられメスキータに過ぎし混沌の時

トレドの街遠くはなれて眺むれば空中都市がそこにあるごと

ジオラマの町のやうなりタホ川の囲み流るるトレドの街は

グレコ、ゴヤに出遭ひし旅は「聖衣剝奪」「我が子を喰らふ」絵に尽きたり

グラナダのアンダルシアのセビリアのコルドバの旅はトレドで尽きぬ

一万キロ飛びて着きたるスペインの石の感触残れる足裏

あとがき

二〇一〇年から二〇一四年までの五年間の作品をほぼ製作順に収めました。Ⅰは、結社誌「塔」ならびに「文芸しおじり」に掲載された作品です。Ⅰの終わりには本歌取りに挑戦した作品を入れました。自分の歌風は簡単に変えられないもので、少しでも飛躍したい思いで挑戦してみました。Ⅱは、連作を中心に編みました。塔短歌賞、長野県歌人連盟作品集、塩尻市短歌フォーラムなどに応募したものや、かって所属していた同人誌「羣」の連作などからなっています。

Ⅰはとりとめもない日常詠や自然詠が中心であり、作品数も多くなっています。Ⅱの連作は、好きでよく挑戦します。歌数を絞りきれていないきらいはありますが、全部掲載しました。

今回の歌集『月光の牧』は六十代前半の作品が中心であり、義父母の介護や孫の誕生などに振り回されることの多い時期でした。地域や婦人団体の役なども重なり、短歌はいつも隅に追いやられがちでしたが、こうして上梓できたことにほっとしています。

歌集上梓にあたりお忙しい中歌稿に目を通していただき、帯文を書いていただきました花山多佳子先生に御礼申し上げます。また、永田和宏元主宰、吉川宏志現主宰をはじめ、私の歌を育てて下さった多くの選者や歌人の皆様に感謝申し上げます。

第四歌集『紅き塩』に続き、青磁社の永田淳氏に出版のお世話になりました。また、装丁を引き受けて下さいました花山周子さんには、私のイメージ通りに仕上げて下さり感謝申し上げます。

六十代後半に入り、歌い続けてゆくことのしんどさを感じている私ですが、『月光の牧』の上梓が次のステップへのきっかけになればと思っています。

二〇一五年四月末日

小澤　婦貴子

著者略歴

小澤婦貴子　（おざわ・ふきこ）

1948（昭和23）年　長野県生まれ

1999年　塔短歌会入会

2001年　『夏雲の湧く』（ながらみ書房）上梓

2004年　『片脚の虹』（短歌研究社）上梓

2007年　『檸檬草《レモングラス》の石鹼』（角川書店）上梓

2010年　『紅き塩』（青磁社）上梓

2015年　『月光の牧』（青磁社）上梓

長野県歌人連盟幹事

現代歌人協会会員

日本歌人クラブ会員

塔21世紀叢書第273篇

歌集　月光の牧

初版発行日　二〇一五年八月三十日

著　者　小澤　婦貴子
塩尻市広丘堅石一四四－四
（〒三九九－〇七〇五）

定　価　二五〇〇円

発行者　永田　淳

発行所　青磁社
京都市北区上賀茂豊田町四〇－一
（〒六〇三－八〇四五）
電話　〇七五－七〇五－二八三八
振替　〇〇九四〇－二－一二四二二四
http://www3.osk.3web.ne.jp/~seijisya/

装　幀　花山周子

印刷・製本　創栄図書印刷

ISBN978-4-86198-319-1 C0092 ¥2500E